Printed by BoD™in Norderstedt, Germany

9 788119 022908

دو ننھے بہادر

(بچوں کی اسلامی تاریخی کہانیاں)

مصنف:

نظر زیدی

© Taemeer Publications

Do nannhe Bahadur *(Stories for Children)*
by: Nazar Zaidi
Edition: April '2023
Publisher & Printer:
Taemeer Publications, Hyderabad.

ISBN 978-81-19022-90-8

9 788119 022908

مصنف یا ناشر کی پیشگی اجازت کے بغیر اس کتاب کا کوئی بھی حصہ کسی بھی شکل میں بشمول ویب سائٹ پر اَپ لوڈنگ کے لیے استعمال نہ کیا جائے۔ نیز اس کتاب پر کسی بھی قسم کے تنازع کو نمٹانے کا اختیار صرف حیدرآباد (تلنگانہ) کی عدلیہ کو ہو گا۔

© تعمیر پبلی کیشنز

کتاب	:	**دو ننھے بہادر**
مصنف	:	**نظر زیدی**
صنف	:	ادب اطفال
ناشر	:	تعمیر پبلی کیشنز (حیدرآباد، انڈیا)
زیر اہتمام	:	تعمیر ویب ڈیولپمنٹ، حیدرآباد
سالِ اشاعت	:	۲۰۲۳ء
تعداد	:	(پرنٹ آن ڈیمانڈ)
طابع	:	تعمیر پبلی کیشنز، حیدرآباد - ۲۴
صفحات	:	۵۲
سرورق ڈیزائن	:	تعمیر ویب ڈیزائن

فہرست

(۱)	حضرت جعفرؓ کی بہادری	7
(۲)	احسان کا بدلہ احسان	10
(۳)	سچے مسلمان	13
(۴)	دو ننھے بہادر	16
(۵)	حضرت ابو سلمہؓ	18
(۶)	حضرت اُمِّ عمارہؓ کی شجاعت	21
(۷)	شیر دل مجاہدہ	25
(۸)	خدائی امداد	28
(۹)	سچی توبہ	31
(۱۰)	سب کے لیے رحمت	35
(۱۱)	ننھا مجاہد	40
(۱۲)	حضرت عبد اللہؓ کی بہادری	43
(۱۳)	کفر ناپاکی ہے	46
(۱۴)	حضرت سلمہؓ کی بہادری	49

تعارف

ایک مہذب اور صاف ستھرے سماج اور ملک و ملت کے زریں مستقبل کے لیے ادب اطفال کی جتنی ضرورت ہمیں کل تھی، آج بھی ہے۔ بچوں کی اخلاقی تربیت اور اسلامی تاریخ سے متعلق ان کی معلومات میں اضافہ کی خاطر، انبیاء، صلحاء، صحابہ و صحابیات کی زندگی کے چھوٹے بڑے واقعات و حالات کو نہایت عام فہم اور آسان زبان میں سمجھنے اور سمجھانے کے انداز میں بیان کرنا دورِ حاضر کا تقاضا ہے۔

ایسی کتابوں کی خصوصیت یہ ہونا چاہیے کہ ان میں جہاں اسلامی نقطۂ نظر کو کلیدی حیثیت دی جائے وہیں زبان و بیان اور مواد کو سلیس، آسان، سادہ اور دلچسپ بنا کر بچوں کے ذوق و رجحان اور ان کی نفسیات کا پورا پورا لحاظ رکھتے ہوئے واقعات کو پیش کرنا ضروری ہے۔

تعمیر پبلی کیشنز کی جانب سے نظر زیدی کی تحریر کردہ چند تاریخی اسلامی کہانیوں کا ایک جدید ایڈیشن شائع کیا جا رہا ہے۔

حضرت جعفرؓ کی بہادری

ایک دفعہ مُلک روم کے عیسائی بادشاہ نے مدینہ شریف پر حملہ کرنے کا ارادہ کیا۔ حضرت رسُول اللہ صلّی اللہ علیہ و آلہٖ وسلّم کو یہ بات معلوم ہوئی تو آپ نے فیصلہ کیا کہ مسلمانوں کی فوج فورًا روانہ ہو جائے اور رومیوں کا لشکر جہاں ملے اس کا مقابلہ کرے۔ حضور صلّی اللہ علیہ و آلہٖ وسلّم کے اس فیصلے کے مطابق تمام مسلمان کافروں سے لڑنے کے لیے تیّار ہو گئے۔

حضور صلّی اللہ علیہ و آلہٖ وسلّم نے مجاہدوں کی اس فوج کا سالار حضرت زید بن حارثہؓ کو بنایا اور حکم دیا کہ اگر زیدؓ شہید ہو جائیں تو ان کی جگہ حضرت جعفر بن ابی طالبؓ کو سالار بنایا جائے۔ وہ بھی شہید ہو جائیں تو عبداللہ بن اواحہؓ سالار

نہیں اور وہ بھی شہید ہو جائیں تو مسلمان آپس کے مشورے سے کسی دُوسرے کو سالار بنا لیں۔

کافروں کی فوج کی تعداد ایک لاکھ سے بھی کچھ زیادہ ہی تھی۔ وہ موتہ کے مقام پر پڑاؤ ڈالے پڑی تھی۔ مسلمانوں کا لشکر وہاں پہنچا تو سخت جنگ شروع ہو گئی۔ مسلمان صرف تین ہزار تھے۔

اچھے بچّو! کافروں کو اس بات پر بہت غرور تھا کہ ان کی تعداد بہت زیادہ ہے اور ان کے ہتھیار بھی بہت بڑھیا ہیں۔ وہ بڑھ بڑھ کر حملہ کر رہے تھے۔ لیکن مسلمانوں کی بہادری کے سامنے بے بس ہو کر رہ جاتے تھے۔

مسلمان کیسے جوش اور بہادری سے لڑ رہے تھے، اس کا اندازہ حضرت جعفر بن ابی طالبؓ کی شہادت کے واقعے سے ہو سکتا ہے۔ حضرت رسُول اللہ صلی اللہ علیہ وآلہٖ وسلّم کے حکم کے مطابق حضرت زید بن حارثہؓ کے شہید ہونے کے بعد حضرت جعفرؓ فوج کے سالار بنائے گئے۔ وہ اپنی فوج کا جھنڈا اٹھا کر شیر کی طرح

دشمن کی فوج میں گھس گئے اور کافروں کو گاجر مُولی کی طرح کاٹنے لگے۔

لڑائی میں اس بات کا خیال رکھا جاتا ہے کہ پیچھے کی طرف اور دائیں بائیں اپنے آدمی موجود ہوں جو دشمن کے حملوں کو روک سکیں۔ لیکن حضرت جعفرؓ اس قدر جوش میں بھرے ہوئے تھے کہ آپ نے اپنی حفاظت کا ذرا بھی خیال نہ کیا اور ایک کافر کو آپ پر حملہ کرنے کا موقع مل گیا۔ اس نے پیچھے کی طرف سے آپ کے اس ہاتھ پر تلوار ماری جس سے آپ نے جھنڈا تھام رکھا تھا۔ ہاتھ کٹ کر گر گیا لیکن آپ نے جھنڈے کو نہ گرنے دیا۔ جلدی سے دوسرے ہاتھ میں جھنڈا پکڑ لیا۔ کافر نے دوسرا ہاتھ بھی تلوار مار کر کاٹ دیا تو آپ نے دونوں کٹے ہوئے بازوؤں سے اپنے جھنڈے کو سینے سے لگا لیا اور اس وقت تک زمین پر نہ گرنے دیا جب تک بدن میں ذرا سی جان بھی باقی رہی۔ آپ کے کٹے ہوئے ہاتھوں کی جگہ اللہ پاک نے جنت میں آپ کو دو پَر عنایت فرمائے۔ اسی لیے آپ کو طیاّر یعنی اُڑنے والا کہتے ہیں۔

اِحسان کا بدلہ اِحسان

پُرانے زمانے کی بات ہے، عرب کے شہر مدینے میں یہودیوں کا ایک طاقت ور قبیلہ رہتا تھا۔ اس قبیلے کا نام بنُو قُریظہ تھا۔

جب اللہ کے سچّے رسُول اور ہم سب کے آقا حضرت محمّد مُصطفیٰ صلّی اللہ علیہ و آلہٖ وسلّم اور آپ کے صحابہؓ مکّے سے ہجرت کر کے مدینے آئے تو شہر میں رہنے والے یہودیوں نے آپ کی مخالفت کی۔ لیکن حضرت رسُول اللہؐ نے ان کے ساتھ بہت اچّھا برتاؤ کیا اور انھیں سمجھایا کہ مسلمانوں اور یہودیوں کا فائدہ اسی میں ہے کہ وہ اچھے پڑوسی بن کر رہیں۔

حُضورؐ کی اس کوشش کی وجہ سے یہودیوں اور مسلمانوں میں دوستی اور امن سے رہنے کا ایک سمجھوتا

ہو گیا۔ یہودیوں کے قبیلے بنو قُریظہ نے بھی دوستی کا مُعاہدہ کر لیا۔

دوستی کے اس سمجھوتے کے بعد یہ قبیلہ کچھ دن تو شرافت سے رہا، لیکن جب مکّے کے کافروں نے آس پاس رہنے والے کافروں کو ساتھ ملا کر مدینے پر حملہ کیا اور جنگِ خندق شروع ہوئی تو بنُو قُریظہ نے دوستی کا مُعاہدہ توڑ دیا اور حملہ کرنے والے کافروں کو یقین دلا دیا کہ جب وہ مسلمانوں پر بڑا حملہ کریں گے تو بنُو قُریظہ دوسری طرف سے مسلمانوں پر حملہ کر دیں گے۔

یہ بات بڑی خطرناک تھی۔ اگر ایسا ہوتا تو مسلمانوں کو بہت زیادہ نقصان پہنچ سکتا تھا لیکن اللہ پاک کی خاص مہربانی سے ایسے حالات پیدا ہو گئے کہ کافر بڑا حملہ نہ کر سکے بلکہ اپنے خیمے ڈیرے اُکھاڑ کر اپنے گھروں کی طرف بھاگ گئے اور مسلمان ہر طرح سے محفوظ رہے۔

جب لڑائی کا خطرہ ٹل گیا تو حضرت رسُول اللہ

صلی اللہ علیہ وسلّم نے دغا باز بنوُ قرُیظہ کو سزا دینے کا فیصلہ کیا اور ان کے مقدّمے کا یہ فیصلہ کیا گیا کہ اس قبیلے کے لوگوں کو قتل کر دیا جائے۔

جن یہوُدیوں کو قتل کرنے کا فیصلہ کیا گیا ان میں زُبیر نامی ایک ایسا یہوُدی بھی تھا جس نے ایک جنگ میں حضرت رسُول اللہ صلّی اللہ علیہ وآلہٖ وسلّم کے ایک صحابی حضرت ثابت بن قیسؓ کی مدد کی تھی۔ حضرت ثابتؓ نے زبیر کو مصیبت میں دیکھا تو وہ حضرت رسُول اللہ کی خدمت میں حاضر ہوئے اور سفارش کی کہ یا رسُول اللہؐ زبیر میرا محُسن ہے آپ اس کی سزا معاف فرما دیجیے۔

حضرت رسُول اللہ نے حضرت ثابتؓ کی بات مان لی اور زُبیر کو آزاد کر دینے کا حکم دے دیا۔

جب زُبیر نے اپنے گھر کے لوگوں کو بھی آزادی دینے کے لیے کہا تو آپ نے انھیں بھی آزاد کر دینے کا حُکم دے دیا اور یوُں ثابت کر دیا کہ مسلمان معمولی سے احسان کو بھی یاد رکھتے ہیں۔

سچّے مسلمان

بہت دنوں کی بات ہے، کچھ مسلمان یہ ارادہ کرکے سفر کر رہے تھے کہ جن لوگوں کو ابھی تک اسلام کی اچھی باتوں کے بارے میں معلوم نہیں، انھیں یہ باتیں بتائیں گے۔ ایسی کوشش کرنے والوں کو مُبلّغ یعنی تبلیغ کرنے والا کہتے ہیں۔ ان مُبلّغوں کو حضرت رسُول اللہ صلی اللہ علیہ وآلہ وسلّم نے بھیجا تھا۔

یہ چھ مُبلّغ جب رجیع نامی مقام پر پہنچے تو وہاں رہنے والے قبیلے بنو ذیل کے شریر کافروں نے انھیں گھیر لیا اور یہ ارادہ کیا کہ ان سب کو قتل کر دیں۔

اس پر ان بہادر مسلمانوں نے بھی اپنی تلواریں سنبھال لیں اور کافروں سے لڑنے لگے۔ اگر برابر کا مقابلہ ہوتا تو مسلمان جیت جاتے لیکن کافر بہت زیادہ

تھے۔ نتیجہ یہ ہوا کہ چھ میں سے چار مسلمان تو شہید ہو گئے اور دو کو ان ظالموں نے قیدی بنا لیا۔

جن مسلمانوں کو ان کافروں نے قیدی بنایا ان میں سے ایک کا نام حضرت خُبیبؓ اور دوسرے کا نام حضرت زید بن دثنہؓ تھا۔

قیدی بنانے کے بعد بنوذیل کے کافر ان دونوں کو مکے لے گئے اور انھیں ان کافروں کے ہاتھ فروخت کر دیا جو مسلمانوں کے جانی دشمن تھے۔ ان کافروں نے ان دونوں بے گناہوں کو قتل کر دینے کا فیصلہ کر لیا۔ جس کافر نے حضرت زید بن دثنہ کو خریدا تھا جب اس کا غلام فسطاس انھیں قتل کرنے کے لیے لے چلا تو ایک کافر نے اُن سے کہا "اے زیدؓ! تم ضرور یہ سوچ رہے ہو گے کہ کاش تمھاری جگہ تمھارے رسول اللہؐ گرفتار ہوتے اور تمھاری جگہ انھیں قتل کیا جاتا؟"

کافر کی یہ بات سُن کر حضرت زید بن دثنہؓ نے بہت جوش سے کہا "خدا کی قسم! میں تو یہ بھی نہیں

چاہتا کہ حضرت رسول اللہ صلّی اللہ علیہ و آلہ وسلّم کے پیر میں معمولی کانٹا بھی چبھے۔"

کافر ان کا یہ جواب سن کر بہت شرمندہ ہوا اور اسلام کے اس سچے سپاہی کو شہید کر دیا۔ شہادت کے وقت حضرت زیدؓ یوں خوش نظر آرہے تھے جیسے انھیں کوئی بہت بڑا انعام ملنے والا ہو، اور سچّی بات یہ ہے کہ شہادت کی موت بہت بڑا انعام ہی تو ہے۔ شہید کو تو ہمیشہ کی زندگی مل جاتی ہے۔

جب کافر حضرت خُبیبؓ کو شہید کرنے لگے تو انھوں نے فرمایا "تم اجازت دو تو مرنے سے پہلے میں دو رکعت نماز ادا کر لوں۔"

کافروں نے اجازت دے دی۔ انھوں نے جلدی جلدی دو رکعت نماز ادا کی اور پھر فرمایا" اگر مجھے یہ خیال نہ ہوتا کہ تم لوگ یہ کہو گے کہ میں جان بچانے کے لئے نماز لمبی کر رہا ہوں تو کچھ دیر اور اپنے خدا کی عبادت کرتا۔" کافروں نے حضرت خُبیبؓ کو بھی شہید کر دیا اور انھوں نے بہت خوشی سے جان دی۔

دو ننھے بہادر

بہت دنوں کی بات ہے۔ایک میدان میں مسلمانوں اور کافروں کی فوجوں کے درمیان بہت زور کی جنگ ہو رہی تھی۔ کافروں کی فوج کا سالار مکّے کا ایک کافر سردار ابوجہل تھا۔

ابو جہل حضرت رسول اللہ صلّی اللہ علیہ و آلہٖ وسلّم کا رشتے دار تھا لیکن کفر کی وجہ سے اس کا سینہ ایسا سیاہ ہو گیا تھا کہ وہ رسول اللہؐ اور مسلمانوں کا سب سے بڑا دشمن بن گیا تھا۔یہ جنگ بھی اسی کی کوششوں سے شروع ہوئی تھی اور وہ یہ ارادہ کر کے آیا تھا کہ ایک مسلمان کو بھی زندہ نہ چھوڑوں گا۔

جب جنگ شروع ہوئی تو دو مسلمان بچّے لڑائی کے میدان میں آئے اور ایک مسلمان مجاہد کے پاس

جا کر پوچھنے لگے "چچا جان، آپ بتا سکتے ہیں کہ ان لڑنے والوں میں ابوُ جہل کون سا ہے؟"

ابوُجہل ذرا فاصلے پر لڑ رہا تھا۔ مجاہد نے انگلی کے اشارے سے بتا دیا کہ وہ رہا ابوُجہل۔ یہ سُننا تھا کہ دونوں بچّے اس کی طرف یوُں بڑھے جیسے باز اپنے شکار پر جھپٹّا مارتا ہے۔ آنکھ جھپکتے ہیں وہ دونوں ابوُجہل کے پاس پہنچ گئے اور ایک نے ابوُجہل کے پیر پر اور دوسرے نے اس کے گھوڑے پر وار کیا۔

ابوُجہل بہت بہادُر آدمی تھا لیکن ان ننھّے مجاہدوں کا حملہ نہ روک سکا۔ مٹّی کے بُت کی طرح زمین پر گر گیا اور پھر نہ اُٹھ سکا۔

ان دو ننھّے مجاہدوں نے ثابت کر دیا کہ مسلمان بچّے بھی جب اللہ کی راہ میں لڑنے کے لیے نکلتے ہیں تو بڑے سے بڑے بہادُر کو موت کی نیند سُلا سکتے ہیں۔

حضرت ابو سلمہ رضؓ

یہ اس زمانے کی بات ہے جب مکّے کے کافر مسلمانوں کو بہت زیادہ ستا رہے تھے اور غریب مسلمانوں کی بے بسی اور تکلیفوں کا خیال کر کے حضرت رسُول اللہ صلّی اللہ علیہ وآلہٖ وسلّم نے اللہ پاک کے حُکم کے مطابق اُنھیں اجازت دے دی تھی کہ وہ اپنا وطن مکّہ چھوڑ دیں اور ہجرت کر کے مدینے آباد ہو جائیں۔

کافروں کا ظُلم یہاں تک بڑھا ہوا تھا کہ وہ مسلمانوں کو ہجرت بھی نہ کرنے دیتے تھے۔ اگر کسی کے بارے میں یہ معلوم ہو جاتا کہ وہ ہجرت کر کے مدینے جا رہا ہے تو اُسے زبردستی روک لیتے تھے اور مارتے پیٹتے تھے۔ اس ظُلم کی وجہ سے مسلمان چوری چھپے مدینے کی طرف روانہ ہوتے تھے۔

حضرت ابوؓ سلمہؓ حضرت رسُول اللہ صلّی اللہ علیہ وآلہٖ وسلّم کے پھوپھی زاد بھائی تھے۔ کافروں کے ظُلم سے تنگ آکر اُنھوں نے بھی ہجرت کرنے کا فیصلہ کیا اور اپنی بیوی حضرت اُمّ سلمہؓ اور ننھّے بیٹے سلمہ کو ساتھ لے کر مدینے کی طرف روانہ ہو گئے۔ لیکن ابھی کمّے سے نکلے ہی تھے کہ کافروں کو ان کے بارے میں معلوم ہوگیا اور انھوں نے انھیں راستے میں روک لیا۔ حضرت اُمّ سلمہؓ کے ماں باپ نے حضرت ابوسلمہؓ سے کہا کہ اگر تُو اپنا وطن چھوڑ کر جا رہا ہے تو شوق سے جا، لیکن ہم اپنی بیٹی کو تیرے ساتھ ہرگز نہ جانے دیں گے۔

یہ کہہ کر انھوں نے اُن کی بیوی اور ان کے پیارے بیٹے کو ان سے چھین لیا۔ حضرت ابوسلمہؓ کے لیے یہی صدمہ کم نہ تھا کہ ذرا دیر بعد ایک اور مصیبت پیدا ہو گئی۔ سسرال والوں نے ان کی بیوی اور بچّے کو جُدا کیا تو اُن کے اپنے خاندان والوں نے، جو ابھی تک کافر تھے، یہ جھگڑا ڈال دیا کہ تم اپنی بیٹی کو اس

کے شوہر کے ساتھ جانے نہیں دیتے تو ہم اپنے پوتے سلمہ کو اس کی ماں کے پاس نہ رہنے دیں گے۔ یہ کہہ کر انھوں نے ننھے سلمہ کو اس کی ماں کی گود سے چھین لیا اور یہ چھوٹا سا خاندان ذرا سی دیر میں تین حصّوں میں بٹ گیا۔

حضرت ابُوسلمہؓ کے لیے یہ بہت آزمائش کا وقت تھا۔ ایک طرف بیوی اور بچّے کی محبّت تھی اور دوسری طرف اپنے مذہب کی محبّت۔ آخر اُنھوں نے اللہ پاک اور اُس کے رسُولؐ کی خاطر بیوی اور بچّے کا خیال چھوڑ دیا اور اکیلے مدینے کی طرف روانہ ہو گئے

ہجرت کرنے کے بعد حضرت ابُوسلمہؓ ایک سال اپنی بیوی اور بچّے سے جُدا رہے۔ ان کی بیوی کا یہ حال تھا کہ شوہر اور بیٹے کی جدائی میں دن رات روتی رہتی تھیں۔ آخر ان کے ماں باپ کو ان پر رحم آگیا اور انھوں نے مدینے جانے کی اجازت دے دی۔ تب وہ تینوں ایک جگہ اکٹھے ہوئے۔

حضرت اُمِّ عمارہؓ کی شجاعت

جنگِ اُحد اسلامی تاریخ کی ایک مشہور جنگ ہے۔ یہ جنگ اس وقت شروع ہوئی جب مکّے کے کافر بہت بڑا لشکر اکٹھا کر کے مدینے شریف پر چڑھ آئے تھے۔

اس جنگ میں مسلمانوں کی تعداد صرف سات سو اور کافروں کی تعداد تین ہزار تھی۔ لیکن خدا نے مسلمانوں کو فتح دی، کافروں کے بہت سے سردار مارے گئے اور وہ میدان چھوڑ کر بھاگ کھڑے ہوئے۔ لیکن پھر ایسا ہوا کہ شان دار فتح شکست میں بدل گئی اور مسلمانوں کو بہت نقصان اٹھانا پڑا، یہاں تک کہ حضرت رسول اللہ صلی اللہ علیہ وآلہ وسلم بھی زخمی ہو گئے۔

جنگ شروع ہونے سے پہلے حضرت رسُول اللہ صلّی اللہ علیہ وآلہٖ وسلّم نے مسلمانوں کے ایک دستے کو اُحد پہاڑ کے درّے پر بٹھا دیا تھا اور حکم دیا تھا کہ کسی حالت میں بھی اپنی جگہ سے نہ ہٹنا۔

اُحد پہاڑ مسلمان فوج کی پُشت کی طرف تھا اور یہ خطرہ تھا کہ کافروں کی فوج کا کوئی دستہ چکّر کاٹ کر اس درّے سے ان کے پچھلی طرف نہ پہنچ جائے۔ تیر اندازوں کو درّے پر مقرر کر دینے کے بعد یہ خطرہ نہ رہا تھا لیکن ہوا یہ کہ جب کافر فوج میدان چھوڑ کر بھاگی اور مسلمان اُن کا چھوڑا ہوا سامان اکٹھا کرنے لگے تو درّے پر پہرا دینے والے تیر انداز مال اکٹھا کرنے کے لالچ میں اپنی جگہ سے ہٹ گئے اور حضرت خالدؓ بن ولید نے جو اس وقت تک مسلمان نہ ہوئے تھے، درّے کی طرف سے حملہ کر کے مسلمانوں کی فتح کو شِکست میں بدل دیا۔

اس اچانک حملے سے مسلمان ایسے گھبرائے کہ اپنے پرائے کا ہوش نہ رہا افراتفری میں ایک کافر نے

حضرت رسُول اللہ صلّی اللہ علیہ و آلہ وسلّم کی طرف ایسا تاک کر پتھر پھینکا کہ آپؐ کے دو دانت شہید ہو گئے اور خود یعنی لوہے کی ٹوپی کی کڑیاں رُخسارِ مبارک میں گڑ گئیں۔

کافروں نے یہ مشہور کر دیا کہ رسُول اللہؐ شہید ہو گئے ہیں۔ اس بات سے مسلمانوں میں اور بد دلی پھیل گئی۔ بڑے بڑے صحابہؓ مایوس ہو کر بیٹھ گئے۔ انھوں نے خیال کیا کہ جب رسُولَ اللہؐ ہی نہ رہے تو جنگ جاری رکھنے سے کیا فائدہ۔ لیکن بعض صحابہؓ نے ہمّت نہ ہاری۔ وہ حضرت رسُول اللہؐ کے چاروں طرف اکٹھے ہو گئے اور بڑی بہادُری سے آپؐ کی حفاظت کرنے لگے۔

حضرت رسُول اللہ صلّی اللہ علیہ و آلہ وسلّم کی حفاظت کرنے والوں میں ایک بہادُر خاتون حضرت اُمّ عمارہؓ بھی تھیں۔ وہ زخمی مسلمانوں کی مرہم پٹّی کرنے اور مُجاہدوں کو پانی پلانے کے لیے مدینے سے آئی تھیں۔

حضرت رسول اللہ صلّی اللہ علیہ وآلہٖ وسلّم زخمی ہوئے تو وہ فوراً حضورؐ کے پاس پہنچ گئیں اور اس طرف پشت کرکے کھڑی ہو گئیں جس طرف سے کافروں کے تیر آ رہے تھے۔ جو تیر آتا تھا وہ اس بہادر خاتون کے بدن میں لگتا تھا لیکن وہ اپنی جگہ سے نہ ہٹتی تھیں۔ یہاں تک کہ ان کا جسم تیروں سے چھلنی ہوگیا اور وہ گر گئیں۔

حضرت اُمِّ عمارہ کی طرح حضرت علیؓ اور حضرت ابودجانہؓ نے بھی بڑی بہادری سے رسولؐ اللہ کی حفاظت کی اور اس کا نتیجہ یہ نکلا کہ کافر حضورؐ کو اور نقصان نہ پہنچا سکے۔

شیرِدل مُجاہِدہ

ایک دفعہ مکّے کے کافروں نے یہودیوں اور دوسرے کافروں کو ساتھ ملا کر اس ارادے سے مدینے پر حملہ کیا کہ مسلمانوں کا نام و نشان مٹا کر لوٹیں گے۔

اُس وقت مسلمانوں کی طاقت نہ ہونے کے برابر تھی۔ کافروں کے ظُلم سے بچنے کے لیے مدینہ شہر کے گِرد انھوں نے ایک گہری اور خوب چوڑی خندق کھود لی تھی۔ اس لیے اس جنگ کو جنگِ خندق کہا جاتا ہے۔

یہ اسی جنگ کے دنوں کی بات ہے۔ کافروں کی شرارتوں سے بچنے کے لیے مسلمانوں نے ایک ترکیب یہ بھی کی تھی کہ عورتوں اور بچّوں کو ایک

قلعے میں بھیج دیا تھا۔ یہ تدبیر اس لیے کی گئی تھی کہ شہر خطرے میں بھی پڑ جائے تو کافر مسلمان عورتوں اور بچوں کو نقصان نہ پہنچا سکیں۔

جو عورتیں اس قلعے میں تھیں ان میں حضرت رسول اللہ صلیٰ اللہ علیہ و آلہ وسلّم کی پھوپھی حضرت صفیہؓ بھی تھیں جو بہت ہی بہادر اور شیر دِل خاتون تھیں۔

ایک دن حضرت صفیہؓ قلعے کی دیکھ بھال کے لیے نکلیں تو آپ نے دیکھا کہ ایک یہودی چھپتا چھپاتا قلعے کی دیوار تک پہنچ گیا ہے۔ آپ نے حضرت رسول اللہ صلیٰ اللہ علیہ و آلہ وسلّم کے صحابی حضرت حسّان بن ثابتؓ کو یہ بات بتائی۔ حضرت حسّانؓ کو قلعے کی حفاظت کے لیے وہاں رکھا گیا تھا لیکن اس وقت وہ کچھ بیمار تھے۔ انھوں نے کہا کہ میں اس یہودی کو نہیں مار سکتا۔

اس وقت یہودی قلعے کی دیوار پر چڑھ چکا تھا۔ حضرت صفیہؓ نے یہ دیکھا تو خیمے کا ایک بانس اُٹھا

کر زور سے اُس کے سر پر مارا اور پھر اس کا سر کاٹ کر دیوار کے نیچے پھینک دیا۔ آپ کی بہادری کی وجہ سے پھر کسی دشمن کو قلعے کی طرف آنے کی ہمّت نہ ہوئی۔

خُدائی اِمداد

ایک دفعہ کا ذکر ہے، حضرت رسُول اللہ صلّی اللہ علیہ وآلہ وسلّم کی پیاری بیوی اُمُّ المومنین حضرت عائشہ رض اور حضوُر کی ایک اور بیوی کے درمیان کسی بات پر اِختلاف ہو گیا۔

حضوُر کی دوسری بیوی عمر میں حضرت عائشہ رض سے بڑی تھیں، اس لیے وہ تیز آواز میں باتیں کر رہی تھیں اور حضرت عائشہ رض خاموشی سے اُن کی باتیں سُن رہی تھیں۔ لیکن پھر ایسا ہوا کہ حضرت عائشہ رض نے بھی اسی لہجے میں جواب دینا شروع کیا تو حضوُر نے وہاں سے اُٹھ کر باہر جانے کا اِرادہ فرمایا۔

یہ دیکھ کر حضرت عائشہ رض نے کہا کہ یا رسُولَ اللہ!

جب تک یہ میرے بارے میں باتیں کرتی رہیں، آپ خاموش رہے لیکن جب میں نے مجبور ہو کر جواب دیا تو آپ تشریف لے جا رہے ہیں۔ آخر اس کی کیا وجہ ہے؟

حضرت رسول اللہ صلی اللہ علیہ و آلہ وسلم نے فرمایا "اے عائشہؓ! جب تک تم خاموش تھیں، تمھاری طرف سے ایک فرشتہ تمھاری بہن کی باتوں کا جواب دے رہا تھا۔ اب تم نے خود جواب دینا شروع کیا ہے تو فرشتہ یہاں سے چلا گیا اور ہم بھی جا رہے ہیں۔"

پیارے بچو! اس حکایت سے صاف معلوم ہوتا ہے کہ آپس کے لڑائی جھگڑوں میں وہ شخص فائدے میں رہتا ہے جو صبر کرتا ہے اور نفرت اور غصے کے جواب میں نفرت اور غصہ نہیں کرتا۔ ایسے شخص کی طرف سے اللہ کے فرشتے جواب دیتے رہتے ہیں۔ لیکن جب کوئی آدمی اپنا معاملہ خود نمٹانے کی کوشش کرے، یعنی بُرائی

کے بدلے میں ویسی ہی بُرائی کرنے کے لیے تیّار ہو جائے تو وہ اس خُدائی امداد سے محروم ہو جاتا ہے اور فرشتے اس کی حمایت نہیں کرتے۔

سچّی توبہ

مدینہ شہر میں یہودیوں کا ایک قبیلہ رہتا تھا، جس کا نام بنُو قُریظہ تھا۔ جب مسلمان اس شہر میں آکر آباد ہوئے تو بنُو قُریظہ کے سرداروں نے وعدہ کیا کہ وہ مسلمانوں کے ساتھ امن سے رہیں گے دونوں طرف کے سرداروں نے اس عہد نامے پر دستخط کیے لیکن پھر ایسا ہوا کہ یہودی عادت کے مطابق اپنی بات سے پھر گئے اور اُنھوں نے جنگِ خندق کے موقع پر مسلمانوں کی مدد کرنے کی جگہ کافروں کے ساتھ مل کر مسلمانوں کو تباہ کرنے کا ارادہ کیا۔

ایسے خطرناک موقع پر اللہ پاک نے مسلمانوں کی مدد فرمائی۔ وہ اس جنگ میں کامیاب رہے اور ان

کے، دُشمن کافر سخت نقصان اُٹھا کر بھاگ گئے۔ کافروں کے بھاگنے کے بعد مسلمانوں نے بنوُ قُریظہ کو سزا دینا ضروری خیال کیا۔ وہ مسلمانوں سے ڈر کر اپنے قلعے کے اندر چلے گئے اور دروازے بند کر لیے۔

مسلمانوں نے اس قلعے کو چاروں طرف سے گھیر لیا۔ جب تک کھانے پینے کی چیزیں ملتی رہیں، یہودی اطمینان سے بیٹھے رہے۔ لیکن جب ایسی چیزیں ختم ہوگئیں تو بہت گھبرائے۔ اتفاق سے انھی دنوں میں یہودیوں کو حضرت رسُول اللّٰہ صلّی اللّٰہ علیہ وآلہٖ وسلّم کے ایک صحابی حضرت ابوُ لبابہؓ سے بات چیت کرنے کا موقع مل گیا اور اُنھوں نے اُن سے کہا کہ اگر آپ اپنے پیغمبر سے ہماری سفارش کر دیں تو ہم لوگ قلعے سے باہر آنے کے لیے تیار ہیں۔

حضرت ابوُ لبابہؓ مدینے ہی کے رہنے والے تھے اور حضوُر صلّی اللّٰہ علیہ وآلہٖ وسلّم کے تشریف لانے سے پہلے بنوُ قُریظہ سے اُن کے تعلّقات بہت اچھے

تھے۔ شاید ان تعلقات کی وجہ سے یا یوں ہی بھولے سے اُنھوں نے گلے پر ہاتھ رکھ کر یہودیوں کو یہ بات سمجھا دی کہ وہ قلعے سے باہر ہرگز نہ آئیں، کیوں کہ جیسے ہی وہ باہر نکلے،انھیں قتل کر دیا جائے گا۔

کہنے کو تو ابو لبابہؓ نے یہ بات کہہ دی لیکن بعد میں انھوں نے سوچا کہ یہ تو میں نے سخت گناہ کا کام کیا۔اپنا فوجی راز دشمنوں کو بتا دیا۔

جب اُنھیں اپنے گناہ کا اندازہ ہوا تو وہ مسجدِ نبوی میں گئے اور اپنے آپ کو مسجد کے ایک ستون سے باندھ کر اللہ پاک سے معافی مانگنے لگے۔وہ دس دن تک اسی طرح ،ستون سے بندھے ، رو رو کر توبہ کرتے رہے۔ ان دنوں میں نہ کچھ کھایا نہ پیا۔بھوک پیاس کی وجہ سے اُن کی یہ حالت ہو گئی کہ باربار بے ہوش ہو جاتے تھے۔

اچھے بچّو! اللہ پاک کا وعدہ ہے کہ جب کوئی سچّے دِل سے توبہ کرتا ہے تو اُس کا گناہ معاف کر

دیا جاتا ہے۔ آخر دسویں دن اللہ پاک نے
حضرت ابو لبابہؓ کا گناہ معاف کر دیا اور پھر
اُنھوں نے اپنے آپ کو ستون سے کھولا۔ مسجدِ
نبوی میں وہ ستون اب تک ہے اور ابو لبابہؓ
کا ستون کہلاتا ہے۔

سب کے لیے رحمت

پُرانے زمانے کی بات ہے، مُلکِ عرب میں ایک قبیلہ آباد تھا، جس کا نام بنُو حنیفہ تھا۔ حضرت ابُو ثمامہؓ اس قبیلے کے سردار تھے۔ عرب میں رہنے والے دوسرے قبیلوں کی طرح یہ قبیلہ بھی بُتوں کی پوجا کرتا تھا اور اُسی کو سچّا مذہب خیال کرتا تھا۔ لیکن اس کے سردار ابُو ثمامہؓ کافر ہونے کے باوجود بہت نیک دل تھے اور اس بات کے لیے ہر وقت تیار رہتے تھے کہ کوئی اچھّی بات معلوم ہو تو اس پر سچّے دل سے عمل کریں۔

یہ وہ زمانہ تھا جب ہمارے آقا اور اللہ کے آخری رسُول حضرت محمّد صلّی اللہ علیہ و آلہٖ وسلّم لوگوں کو سچّے دین اسلام کی طرف بُلا رہے تھے۔

حضرت ابوثمامہؓ نے حضور صلّی اللہ علیہ وآلہٖ وسلّم کے بارے میں سُنا تو اُن کے دل میں یہ شوق پیدا ہوا کہ مدینہ شریف جا کر اپنی آنکھوں سے حضورؐ صلّی اللہ علیہ وآلہٖ وسلّم کو دیکھیں اور اپنے کانوں سے حضور کی باتیں سُنیں۔ بس وہ اپنے اُونٹ پر سوار ہو کر مدینے پہنچ گئے۔

حضور صلّی اللہ علیہ وآلہٖ وسلّم کی تو ہر ایک بات اچھی اور سچّی تھی۔ حضرت ابوثمامہؓ نے حضورؐ کی پاکیزہ صورت دیکھی اور نیکی سے بھری ہوئی باتیں سُنیں تو سچّے دِل سے مسلمان ہو گئے اور یہ وعدہ کر کے اپنے گھر کی طرف روانہ ہوئے کہ اپنے پورے قبیلے کو مسلمان بناؤں گا، اور اُنھوں نے ایسا ہی کیا۔ اُن کی کوششوں سے اُن کا پورا قبیلہ مسلمان ہو گیا۔

پیارے بچو! قبیلہ بنوحنیفہ جس جگہ آباد تھا وہاں کی زمین بہت اچھّی تھی اور اس وجہ سے یہ لوگ اتنا اناج حاصل کر لیتے تھے کہ دوسرے شہروں کی

منڈیوں میں بھی بھیج سکیں۔ شہر مکّے کی منڈی میں بھی زیادہ تر بنو حنیفہ کا لایا ہوا اناج ہی بکا کرتا تھا۔

حضرت ابوُ ثمامہؓ اور اُن کا قبیلہ مسلمان ہو گیا تو انھوں نے صلاح مشورہ کرکے یہ فیصلہ کیا کہ آیندہ مکّے کے کافروں کے ہاتھ غلّہ بالکل فروخت نہ کیا جائے۔ ہم لوگ اپنا جو مال مکّے لے جاتے ہیں آیندہ مدینے لے جایا کریں تاکہ ہمارے مسلمان بھائیوں کو فائدہ پہنچے۔

اُدھر مکّے کے رہنے والوں کی ضرورتیں بنُو حَنیفہ کے لائے ہوئے اناج ہی سے پوری ہوتی تھیں۔ انھوں نے غلّہ لانا بند کر دیا تو اس شہر کے لوگوں کو سخت تکلیف پہنچی۔

جب یہ حالت ہوئی تو مکّے کے کافر حضرت ابوُ ثمامہؓ سے ملے اور اُن سے کہا کہ پہلے کی طرح مکّے کی منڈی میں اناج بھیجا کریں، لیکن اُنھوں نے صاف لفظوں میں منع کر دیا اور کہا کہ اسلام

کے دشمنوں کے ہاتھ ہم اپنا غلہ ہرگز فروخت نہ کریں گے۔

جب یہ بات چیت ناکام ہوئی تو مکّے کے سردار بہت پریشان ہوئے۔ سوچنے لگے، اب کیا کرنا چاہیے! جب وہ ان باتوں پر سوچ بچار کر رہے تھے تو مکّے کے ایک سردار نے کہا کہ ابو ثمامہؓ تو اب اپنا فیصلہ کسی حالت میں نہ بدلیں گے، ہمیں چاہیے کہ مدینے جاکر پیغمبر اسلام کی خدمت میں حاضر ہوں اور انھیں اپنی تکلیفوں کا حال بتائیں۔ وہ ایسے رحم دل ہیں کہ جب انھیں ہماری تکلیفوں کا حال معلوم ہو گا تو وہ ضرور کوئی انتظام کر دیں گے۔

دوسرے سرداروں کو بھی یہ بات ٹھیک معلوم ہوئی اور وہ اسی دن مدینہ شریف کی طرف روانہ ہوگئے۔ جب وہ مدینے پہنچے تو حضور صلی اللہ علیہ وآلہ وسلّم کی خدمت میں حاضر ہوکر اپنی پریشانی بیان کی۔

پیارے بچّو! مکّے کے یہ کافر اگرچہ اسلام اور

مسلمانوں کے سخت دُشمن تھے ، اُنھوں نے حضرت رسُول اللہ صلّی اللہ علیہ و آلہ وسلّم کو قتل کر دینے کا ارادہ کر لیا تھا اور آپؐ کو بہت تکلیفیں پہنچائی تھیں ، لیکن جب حضُور کو اِن تکلیفوں کا حال معلوم ہوا تو آپؐ نے حضرت ابُو ثمامہؓ کے نام اسی وقت پیغام بھجوا دیا کہ تم لوگ جس طرح پہلے مکّے شہر کی منڈی میں اناج فروخت کیا کرتے تھے ، اب بھی اسی طرح کیا کرو۔ یہ بات مناسب نہیں ہے کہ مکّے کے لوگوں کو بھُوک کی تکلیف میں مُبتلا کیا جائے۔

حضُور صلّی اللہ علیہ و آلہ وسلّم کے اس ارشاد کے مُطابِق حضرت ابُو ثمامہؓ نے اسی دن مکّے کی منڈی میں اناج بھجوا دیا اور یوُں حضُورؐ کی مہربانی سے ان کی تکلیفوں کا خاتمہ ہوا۔

ننّھا مُجاہد

ایک بار ہمارے آقا حضرت محمّد صلّی اللہ علیہ وآلہٖ وسلّم مُجاہدوں کے لشکر کو کافروں سے لڑنے کے لیے بھیج رہے تھے۔ سب مُجاہد ایک میدان میں جمع تھے اور حضورؐ انھیں قطاروں میں کھڑا کر رہے تھے۔

مُجاہدوں کی قطار سیدھی کرتے ہوئے حضورؐ ایک جگہ پہنچے تو آپؐ نے دیکھا کہ چھوٹی عُمر کا ایک بچّہ بھی قطار میں کھڑا ہے اور اپنا قد اُونچا ظاہر کرنے کے لیے اس نے ایڑیاں اُٹھا رکھی ہیں۔ اس بہادر بچّے کا نام عُمیر بن ابی وقاص تھا۔

حضورؐ صلّی اللہ علیہ وآلہٖ وسلّم اُس ننھے مُجاہد کے پاس رُک گئے اور اس سے فرمایا، ”بیٹے! ابھی

تمہاری عمر کم ہے۔ تم اپنے گھر جاؤ۔ تمہیں لڑائی کے میدان میں نہیں بھیجا جا سکتا۔"

حضرت رسول اللہ صلی اللہ علیہ و آلہ وسلم کی یہ بات سن کر وہ بچہ اداس ہو گیا، پھر ایک لڑکے کی طرف اشارہ کرکے بولا "یا رسولَ اللہ! اس لڑکے کو تو جہاد کرنے کی اجازت دے دی گئی ہے اگرچہ اس کی عمر مجھ سے کسی قدر زیادہ ہے، لیکن طاقت اور لڑائی کے داؤں گھات میں میں اس سے زیادہ ہوں۔ اگر حضورؐ پسند فرمائیں تو میری اور اس کی کشتی کرا کے دیکھ لیں اور اگر میں اسے پچھاڑ دوں تو پھر مجھے مجاہدوں کے ساتھ جانے کی اجازت دے دیں۔"

حضورؐ اس کا شوق دیکھ کر بہت خوش ہوئے آپؐ نے فرمایا "اچھا، تم اپنے دوست سے کشتی لڑو۔ اگر تم جیت گئے تو تمہیں مجاہدوں کے ساتھ جانے کی اجازت دے دی جائے گی۔"

اچھے بچو! حضرت رسول اللہ صلی اللہ علیہ و آلہ وسلم

کے ارشاد کے مطابق ان دونوں کی کشتی ہوئی اور اس ننھے مجاہد نے اپنے دوست کو ہرا دیا۔ حضرت رسول اللہؐ نے اسے مجاہدوں کے ساتھ جانے کی اجازت دے دی ۔ جنگ کے میدان میں وہ ایسی بہادری کے ساتھ لڑا کہ لڑتے لڑتے شہید ہو گیا۔ حضرت رسول اللہ صلی اللہ علیہ وآلہ وسلم نے اس کی تعریف فرمائی اور اس کے جنت میں اونچا درجہ حاصل کرنے کی خوش خبری سنائی ۔

حضرت عبداللہؓ کی بہادری

پُرانے زمانے میں اسلام کے جو بڑے بڑے دُشمن تھے، اُن میں ایک ابوُ رافع یہودی بھی تھا۔ یہ خیبر کے ایک قلعے میں رہتا تھا اور بہت ہی طاقت وَر اور امیر تھا۔

ابوُ رافع آس پاس رہنے والے قبیلوں کو ساتھ ملا کر مسلمانوں پر حملہ کرنے کے لیے ایک بڑی فوج تیّار کر رہا تھا۔

حضرت رسُول اللہ صلّی اللہ علیہ و آلہٖ وسلّم کو اس شرارت کا حال معلوم ہوا تو آپ نے صحابہؓ سے فرمایا "تم میں سے کوئی جائے اور اسلام کے اس دشمن کا خاتمہ کر دے۔" حضورؐ کا یہ ارشاد سُن کر ایک صحابی حضرت عبداللہ بِن عتیک انصاریؓ نے

یہ وعدہ کیا کہ اللہ اور اس کے رسُولؐ کے اس دشمن کا کام تمام کر دوں گا۔

حضرت عبد اللہؓ نے چند مسلمانوں کو ساتھ لیا اور خیبر کی طرف روانہ ہوگئے۔ خیبر مدینے سے دو سو میل دُور تھا اور اس زمانے میں اتنا لمبا فاصلہ طے کرنا کوئی آسان بات نہ تھی۔ لیکن یہ بہادُر سفر کرتے ہوئے اپنی منزل پر پہنچ گئے۔

اب سوال یہ تھا کہ ابُو رافع جیسے طاقت وَر سردار کو کس طرح ہلاک کیا جائے؟ اس کی حفاظت کے لیے بہت سے سپاہی ہر وقت پہرا دیتے تھے اور وہ ایک مضبوط قلعے کے اندر رہتا تھا۔

حضرت عبد اللہؓ اور ان کے ساتھی اس بات پر غور کرتے رہے اور آخر ایک ترکیب اُن کی سمجھ میں آگئی۔ اس ترکیب پر عمل کرنے سے جان جانے کا خطرہ تھا لیکن وہ قلعے کے اندر پہنچ سکتے تھے۔ ترکیب یہ تھی کہ جب بھیڑیں اور بکریاں چرانے والے چرواہے ریوڑوں کو قلعے کے اندر لے جائیں تو

حضرت عبداللہ بھیڑ بکریوں میں شامل ہو کر چھپتے چھپاتے، قلعے کے اندر چلے جائیں۔

جب یہودی گڈریے اپنی بھیڑوں اور بکریوں کو قلعے کے اندر لے جا رہے تھے تو حضرت عبداللہؓ بھیڑ بکریوں میں شامل ہو کر قلعے میں داخل ہو گئے اور ایک جگہ چھپ کر انتظار کرنے لگے کہ ابو رافع نظر آئے تو اُسے جہنّم میں پہنچائیں۔

جب رات کافی بیت گئی تو حضرت عبداللہؓ اپنی جگہ سے نکلے اور اس جگہ پہنچ گئے جہاں ابو رافع سو رہا تھا۔ اس جگہ ابو رافع کے علاوہ کئی اور آدمی بھی سو رہے تھے۔ حضرت عبداللہؓ نے اس کا نام لے کر پکارا تو اس نے جواب دیا اور اس سے آپ کو یقین ہو گیا کہ یہی ابو رافع ہے۔ آپ نے فوراً تلوار سے اس کا کام تمام کر دیا اور پھر قلعے سے باہر آ گئے۔ صبح ہوئی تو یہودی اپنے سردار کے مارے جانے کی خبر ایک دوسرے کو سنا رہے تھے اور واویلا کر رہے تھے۔

کفر ناپاکی ہے

حضرت ابوسفیانؓ ہمارے حضور صلی اللہ علیہ وآلہ وسلم کے صحابی تھے۔ ان کے بارے میں ایک خاص بات یہ ہے کہ مسلمان ہونے سے پہلے یہ ہمارے حضورؐ اور مسلمانوں کے بہت دشمن تھے۔

یہ اُس زمانے کی بات ہے جب حضرت ابوسفیانؓ کافروں کے سردار مانے جاتے تھے۔ ایک بار ایسا ہوا کہ مکے کے کافروں کے دلوں میں یہ ڈر بیٹھ گیا کہ مسلمان مکے پر حملہ کر کے انھیں تباہ کر دیں گے۔

بات دراصل یہ تھی کہ مکے کے کافروں نے صُلح کے اس معاہدے کو توڑ دیا تھا جو ۶ ہجری میں حُدیبیہ کے مقام پر ہوا تھا اور اب مسلمانوں کے لیے یہ بات ضروری ہو گئی تھی کہ کافروں کو سزا

دی جائے۔

جب مکے والوں کو یہ خطرہ سامنے نظر آنے لگا تو ابو سفیانؓ اس خیال سے مدینے آئے کہ مسلمانوں کو سمجھا بجھا کر صلح کا سمجھوتا کرلیں اور اپنے بھائی بندوں کو نقصان سے بچالیں۔

حضرت ابوسفیانؓ کے بارے میں ایک اور خاص بات یہ ہے کہ اگرچہ وہ اس وقت تک کافر تھے، بلکہ کافروں کے سردار تھے، لیکن ان کی بیٹی حضرت اُمِّ حبیبہؓ نہ صرف مسلمان ہو چکی تھیں بلکہ حضرت رسول اللہ صلی اللہ علیہ وآلہٖ وسلم کے نکاح میں آچکی تھیں۔

ابوسفیانؓ مدینے آئے تو اپنی بیٹی حضرت اُمِّ حبیبہؓ سے ملنے کے لیے بھی گئے۔ جب وہ ان کے گھر میں داخل ہوئے تو وہ بستر بچھا ہوا تھا جس پر حضرت رسول اللہؐ آرام کیا کرتے تھے۔ ابو سفیانؓ اس بستر پر بیٹھنے لگے تو حضرت اُمِّ حبیبہؓ نے جلدی سے انھیں روک دیا اور بستر تہہ کرنے کے بعد کہا کہ

اب بیٹھ جایئے۔

اپنی بیٹی کی اس بات سے ابوسفیانؓ بہت حیران ہوئے، انھوں نے کہا "بیٹی! کیا میں اس قابل نہ تھا کہ اس بستر پر بیٹھ سکتا یا یہ بستر میرے قابل نہ تھا کہ تم نے مجھے اس پر بیٹھنے نہ دیا؟"

حضرت امّ حبیبہؓ نے فرمایا "ابّا جان، یہ بستر حضرت رسول اللہ صلی اللہ علیہ وآلہٖ وسلّم کا ہے، اور آپ کافر ہیں۔ ایک کافر اس بستر پر نہیں بیٹھ سکتا جس پر حضرت رسول اللہؐ آرام فرماتے ہیں۔"

ابوسفیانؓ یہ بات سن کر بہت شرمندہ ہوئے۔

حضرت سلمہؓ کی بہادری

یہ ایک مسلمان بچّے کی بہادری اور ایمان داری کی بہت ہی شان دار کہانی ہے۔ اس شیر دل بچّے کا نام سلمہؓ تھا۔

مسلمانوں کے ایک دشمن قبیلے کے سردار عینیہ بن حصن فراری نے اپنے قبیلے کے لڑاکا جوانوں کو ساتھ لے کر ایک دن مدینے کی چراگاہ پر حملہ کر دیا۔ وہاں ایک مسلمان اپنے اُونٹ چرا رہا تھا۔ حملہ کرنے والوں نے اسے قتل کر دیا اور اس کے اونٹ اور بیوی کو لے کر اپنے ٹھکانے کی طرف بھاگ کھڑے ہوئے۔

جس وقت ڈاکوؤں نے یہ ظُلم کیا، ایک مسلمان بچہ سلمہؓ وہاں سے تھوڑی دُور کھڑا تھا۔ اس نے جو یہ

دیکھا کہ ڈاکوؤں نے ایک مسلمان کو قتل کر دیا ہے اور اس کے اونٹ اور اس کی بیوی کو اٹھا کر بھاگ رہے ہیں تو اپنے کندھے سے کمان اتار لی اور ارادہ کر لیا کہ ان ڈاکوؤں کو زندہ سلامت نہ جانے دوں گا۔

حضرت سلمہؓ تھے تو بچے لیکن شیر کی طرح بہادر تھے۔ اس کے علاوہ اللہ پاک نے انھیں دو اور خاص خوبیاں دی تھیں۔ ایک تو یہ کہ وہ بہت تیز دوڑتے تھے، دوسرے اُن کی آواز بہت اونچی تھی۔

ڈاکوؤں کو پکڑنے کا ارادہ کر کے وہ تیزی سے اُن کے پیچھے بھاگے۔ بھاگتے ہوئے تیر بھی چلاتے جاتے تھے اور مدد کے لیے مسلمانوں کو پکارتے بھی جاتے تھے۔

حضرت سلمہؓ کی آواز عام مسلمانوں کے علاوہ خود رسول اللہ صلی اللہ علیہ وآلہٖ وسلم نے بھی سُنی اور فوراً ان کی مدد کے لیے سوار روانہ فرما دیئے۔

ڈاکوؤں نے مسلمانوں کو اپنے پیچھے آتے دیکھا تو

وہ ڈر گئے۔ انھوں نے اس مسلمان کی بیوی کو بھی آزاد کردیا اور اُن اُونٹوں کو بھی چھوڑ دیا جو وہ چراگاہ سے لائے تھے۔

اس کے بعد ڈاکو اپنے پڑاؤ کی طرف بہت تیزی سے بھاگے۔ مسلمان ان کے ٹھکانے پر حملہ کرنا چاہتے تھے لیکن حضورؐ نے روک دیا۔ آپؐ نے فرمایا کہ ان کا پیچھا کرنے کی ضرورت نہیں۔ ہم اُن پر فتح حاصل کر چکے ہیں۔

حضورؐ کے ارشاد کے مطابق مسلمان رُک گئے اور یوں ڈاکو تو بچ نکلنے میں کامیاب ہوگئے لیکن شیردل سلمہؓ کی وجہ سے اس مظلوم عورت کی جان بچ گئی جسے وہ پکڑ کر لے جا رہے تھے اور اُونٹ بھی محفوظ رہے۔

بچوں کا ایک دلچسپ اور اخلاقی ناول

بہادر علی

مصنف: قمر علی عباسی

بین الاقوامی ایڈیشن شائع ہو چکا ہے